AF263347

HUGOLIN

MABOUL

Un Gouverneur détraqué

ALGER

IMPRIMERIE DE LA « REVUE ALGÉRIENNE »

Rue de Constantine, 30

1899

MABOUL

Une Journée Historique

La journée du dimanche 23 avril 1899 laissera une forte empreinte dans l'histoire de l'Algérie.

Elle marquera en même temps les sentiments du peuple et l'infamie de ceux qui le gouvernent. Nos enfants, quand ils liront cette page, admireront l'attitude digne et énergique des populations éprises de liberté et de justice, et ils imprimeront une flétrissure indélébile sur le front de ce sénile Laferrière, dont les actes administratifs ressemblent beaucoup plus aux extravagances d'un alcoolique ou d'un fou qu'aux décisions d'un gouverneur.

Dans cette inoubliable journée, Laferrière a jeté le masque derriére lequel se cachait encore un peu sa face blême. Il s'est montré tel qu'il est, c'est à dire complètement déséquilibré, dédaigneux de la légalité, affolé, déboussolé, lâche, grotesque et couard.

Il est descendu d'un coup à cent coudées au dessous de Lépine, qui fut ignorant et brutal, mais qui sut au moins éviter de paraître ridicule.

Vox Populi. — Première Provocation

La population d'Alger et des environs, qui a frappé d'appel et cassé l'inique jugement condamnant Max Régis à quatre mois de prison, avait projeté de faire dimanche un immense pèlerinage à Sidi-Ferruch.

On devait aller déjeuner là-bas, sur la plage, au pied du fort où notre jeune chef et ami est retenu captif en violation des lois fondamentales de la société française. C'était une façon pacifique et légale de protester contre une odieuse condamnation arrachée par Laferrière à une magistrature ni debout, ni assise, mais prosternée devant le Veau d'Or, que l'on mettra bientôt dans la salle d'audience, à la place du buste de la République.

C'était la voix du peuple, *vox populi*.

Cette perspective consterna le Gouverneur, non à cause de la manifestation elle-même — car l'ancien Conseiller d'Etat qui faisait cambrioler l'appartement de Mlle Niemowska, pour lui voler ses lettres, se moque de l'opinion publique comme de la première entorse qu'il a donné au Code — mais à cause des commentaires auxquels elle pourrait donner lieu.

Laferrière, en effet, a édifié son système de Gouvernement sur la fourberie et le mensonge.

Il a dénaturé les sentiments de la population algérienne, pour justifier auprès des ministres et du Président de la République, les infamies qu'il commet chaque jour.

Il a écrit à Paris que la presqu'unanimité des Algériens approuve la mesure de rigueur prise contre Max Régis sous le prétexte menteur d'assurer le maintien de l'ordre public, que personne ne songe à troubler.

Or, le pèlerinage projeté à Sidi-Ferruch pouvait lui infliger un démenti sanglant. Si quelques milliers de citoyens n'hésitaient pas à se transporter à trente kilomètres pour exprimer leur sympathie au prisonnier et protester contre son arbitraire et injuste condamnation, c'est que vraiment le peuple ne sanctionnait pas les ignominies commises.

Les agences ne pourraient manquer de télégraphier ce qui se serait passé ; les correspondants de la presse parisienne renseigneraient leurs journaux; les quotidiens de la France entière raconteraient et commenteraient l'évènement, et de Dunkerque à Nice, en passant par le Ministère, tout le monde saurait que Laferrière avait menti comme le plus charlatan des dentistes.

Affolé, à l'idée de se voir pris ainsi en flagrant délit de tartuferie, le patron de Desclaux fit répandre le bruit, dans la journée du samedi 22 août, que Régis avait été extrait du fort de Sidi-Ferruch et dirigé sur une prison inconnue.

Quand les agents de la police secrète eurent répandu cette fausse nouvelle dans toute la ville, il y eut partout une profonde déception. Beaucoup de familles qui avaient pris leurs dispositions pour se rendre à Sidi-Ferruch, abandonnèrent naturellement leur projet, et la manifestation parut, à un moment donné, absolument compromise.

Laferrière triomphait, heureux du succès de sa déloyale manœuvre, qui allait lui permettre, de télégraphier à Dupuy et à Zadoc-Kahn qu'il n'y avait pas vingt personnes au fameux pèlerinage.

Mais il est écrit que les intrigues de ce fourbe tourneront toujours à sa confusion. Les finesses qu'il va pêcher au fond de son verre de Kummel, loin de lui réussir, produisent généralement un effet absolument opposé.

C'est ainsi qu'en essayant de faire élire les membres des Délégations Financières sur des listes dont il avait retranché les électeurs âgés de moins de vingt-cinq ans et les étrangers naturalisés depuis moins de douze ans, il ne fit qu'accentuer le succès des antijuifs. Il fut prouvé par là, en effet, contrairement aux mensonges de la juiverie, que nous avions la majorité rien qu'avec les Français d'âge mur, sans les jeunes ni les étrangers.

Ainsi cette fois.

Malgré le nombre considérable d'abstentions occasionnées par le faux bruit répandu à dessein par Laferrière, il y eut DIX MILLE manifestants, dimanche, à Sidi-Ferruch.

Sans cette indigne manœuvre, on en aurait compté vingt mille. Or, quand une foule aussi nombreuse consent à faire 60 kilomètres, aller et retour, sur de lourds véhicules, pour exprimer les sentiments qu'elle a dans le cœur, on peut en conclure qu'à Alger même, sans déplacement, une pareille manifestation eût réuni 60,000 personnes.

Il faudra désormais que l'hypocrite locataire de la

villa Olivier ait un fameux culot pour oser affirmer
que l'opinion publique l'approuve sans réserve. Aussi
a-t-il éprouvé un dépit mortel, et c'est ce dépit qui
nous a valu le tragique et burlesque accès d'hydro-
phobie dont je parlerai plus loin.

A Sidi-Ferruch

Les journaux ont raconté longuement tous les incidents de cette grandiose manifestation.

« Dès six heures du matin, dit l'*Express*, sous la
« lueur pâlotte d'un soleil hésitant, les pèlerins de
« Sidi-Ferruch se rassemblaient sur la place Bresson,
« lieu fixé pour le rendez-vous.

« Camions, omnibus et voitures de toute sorte
« étaient déjà là, dans le plus curieux des tohu-bohu ;
« les breacks, les voitures de place, les lourds ca-
« mions sommairement aménagés, donnaient à la
« place Bresson un aspect des plus curieux.

« Beaucoup de voitures étaient décorées de dra-
« peaux tricolores et de feuillage...»

Le départ s'effectua aux sons de la *Marseillaise Antijuive*. Cette immense foule était pleine d'enthou-
siasme ; on sentait que cette excursion était pour elle
non pas une partie de plaisir, mais l'accomplissement
d'un impérieux devoir de conscience, l'affirmation
énergique d'une opinion qu'aucune rigueur gouver-
nementale ne pourra faire fléchir.

Un peu plus tard, Drumont partait en landau, avec
M. Voinot et le fidèle Lionne. Une série de vingt au-
tres voitures bondées de monde les suivait.

En marche le cortège se grossit de nouveaux adhé-
rents partis de Saint-Eugène, de Guyotville et des
fermes qui bordent la route. Puis à ce flot humain
vinrent s'ajouter les contingents de tous les villages
de la région et à l'heure du déjeuner, quand tout le
monde fut réuni, il y avait bien 10,000 personnes.

Jamais manifestation ne fut plus imposante. Et l'on
ne voyait pas que des va-nu-pieds et des étrangers,

comme se plaisent à le dire les cireurs de bottes de Laferrière ; c'était une fraction de la société telle qu'elle est composée, un mélange de toutes les classes : des redingotes et des vestons d'ouvriers, des dames du meilleur monde et des femmes du peuple, de riches cultivateurs, des colons, etc.

Rien ne peut rendre l'effet produit par cette foule, venant pacifiquement témoigner ses sympathies à Max Régis et exprimer le dégoût que lui inspirent les jugements d'une magistrature tenue en laisse par le Gouvernement et les juifs.

Non, M. Laferrière, vous n'avez pas le peuple avec vous. Vous êtes encore plus impopulaire que Lépine, plus méprisé surtout, à cause de l'hypocrisie dont sont empreintes toutes vos inutiles rigueurs.

Je ne raconterai pas les mille et un incidents qui marquèrent le séjour des manifestants autour du fort de Sidi-Ferruch, les journaux ont déjà fait ce très intéressant compte-rendu. Je ne fais que reproduire à grands traits l'historique du pèlerinage, pour en arriver aux scandaleuses fautes commises par le dangereux maniaque qui remplit actuellement les fonctions de Gouverneur Général.

C'est là mon but. Je veux noter d'infamie ce détraqué, le clouer au pilori de l'opinion, à cause du péril immense que sa politique de fou furieux fait courir à l'Algérie.

L'Affolement de Laferrière. — Les mesures prises à Alger

Quand il eut appris, par les rapports de ses mouchards, que malgré sa ruse de la veille la manifestation avait revêtu un caractère grandiose, Laferrière parvint aux dernières limites de l'affolement et de la peur.

Ces 10.000 Français lui apparurent comme une armée ennemie débarquée à Sidi-Ferruch pour venir mettre le siège devant la ville d'Alger, après avoir rasé en passant la villa Olivier et passé ses habitants au fil des cannes à pêche.

Ce que ce malfaisant vieillard dût trembler dans son cabinet, les mesures aussi grotesques qu'odieuses prises par lui nous l'indiquent d'une façon bien saisissante.

En effet, dès le matin il faisait écrire par Lutaud aux maires d'Alger, de Mustapha et de St-Eugène, pour les informer qu'il s'emparait de la police.

Dans l'après-midi, toutes les troupes étaient consignées et des détachements étaient envoyés dans toutes les directions. Le plateau de la mairie de St-Eugène recevait une véritable garnison : 50 zouaves, un fort peloton de chasseurs d'Afrique et une quinzaine de gendarmes à cheval.

Ces stupides précautions, que rien ne justifiait, prouvent combien peu Laferrière connaît les sentiments du peuple qu'il a mission d'administrer.

Les pèlerins de Sidi-Ferruch n'avaient nullement l'intention de troubler l'ordre public. Ils devaient revenir dans le calme le plus complet, comme ils étaient partis, chantant des refrains joyeux, les drapeaux des voitures claquant au vent. Le matin leur passage n'avait donné lieu à aucun incident et pas un agent de police n'avait eu à se déranger. Le soir, le défilé des voitures eût été aussi paisible et les sergents de ville, pendant le défilé pittoresque, n'auraient eu qu'à rester sur le trottoir, les bras croisés.

Alors, pourquoi ce déploiement de troupes ?

Si Laferrière a cru sincèrement que la sécurité publique était menacée, il a montré qu'il était encore infiniment plus crétin qu'on ne le supposait, ce qui n'est pas peu dire.

S'il savait réellement à quoi s'en tenir sur les intentions pacifiques des excursionnistes, il a commis, en envoyant la troupe, un acte d'indigne provocation. Il s'est conduit comme un véritable criminel.

Un peu plus tard, quand un mouchard, venu à

bicyclette, lui eut annoncé que les pèlerins revenaient par Chéragas et El-Biar, Laferrière éprouva une telle épouvante qu'il dût en rester des traces dans son serrouel. De ce coup il se crut perdu et il appela à son aide, dans une prière fervente, tous les Barchichat et tous les saints rabbins que vénère la Judée. Qu'adviendrait-il de lui, Adounaï, si le cortège de voitures allait passer devant sa villa, sur la route nationale qui descend d'El-Biar à Alger ? Les cris de: vive Drumont ! vive Régis ! accompagnés du chant de la *Marseillaise Antijuive*, étaient capables de le foudroyer à distance.

Il [fallait donc, à tout prix, barrer la route à El-Biar et forcer les pèlerins à passer par la Colonne-Voirol et Mustapha.

Cette mesure seule était capable de sauver le représentant de la République et la République elle-même.

Aussitôt conçu, ce plan stratégique fut exécuté. Des estafettes furent expédiées au bureau de la Place, et, une demi heure après, une compagnie de zouaves arrivait à El-Biar, pendant que des gendarmes à cheval, des spahis et des gendarmes à pied, allaient occuper les abords du Palais de Mustapha, afin d'empêcher les manifestants de conspuer une grille fermée et une maison vide.

Si l'homme qui a prescrit tout cela n'est pas fou à lier, je me demande quel nom il faut donner à son état pathologique.

Le retour

Modifiant leur programme primitif, les excursionnistes résolurent de revenir par Chéragas et El-Biar.

Cette décision était bien naturelle, puisqu'elle permettait à Drumont de visiter un plus grand nombre de ses électeurs. Le matin il avait pris contact avec ceux de St-Eugène et de Guyotville; le soir il allait pouvoir s'entretenir avec ceux de Chéragas qui le réclamaient. Notre député n'ayant qu'un très petit nombre de jours à passer au milieu de nous, doit prendre les moyens les plus pratiques pour utiliser le temps qui lui est dévolu.

La route barrée. — Arrestations

La première partie du trajet s'accomplit sans encombre. Drumont cheminait au milieu des acclamations enthousiastes des populations, qu'accompagnaient les vivats et les chants du long cortège.

C'était imposant et pittoresque, mais ce n'était pas menaçant le moins du monde, et les pèlerins auraient pu suivre leur itinéraire jusqu'au bout et passer à 100 mètres de la villa Olivier sans que le grotesque froussard qui l'habite courût le moindre danger.

Mais ce n'est pas ainsi qu'en avait jugé Laferrière. Pour lui, ce cortège de joyeux excursionnistes, c'était la Révolution en marche, et il prit de minutieuses mesures pour barrer le torrent et en détourner le cours vers une autre direction.

Quand Drumont et sa suite arrivèrent à El-Biar, ils se heurtèrent donc à une Compagnie de Zouaves, flanquée d'un commissaire de la Sûreté qui leur intima, de la part du Gouverneur, l'ordre de rentrer à Alger en allant faire un immense détour, par la Colonne Voirol et Mustapha.

Il y eut alors des scènes inénarrables. Le commissaire menaça de faire tirer sur la foule. On arrêta Drumont et le Maire d'Alger sous le fallacieux prétexte d'attroupement de plus de deux personnes et de refus de circuler. On arrêta Jean Drault, qui avait crié aux voitures arrivant au trot : « Gare là derrière! » ce que la valetaille du gouverneur avait complaisamment traduit par *A bas Laferrière!* On arrêta Lionne qui n'avait rien dit.

C'était de l'affolement, une sévérité ne rimant à rien, une cacophonie administrative et policière digne des pensionnaires de Charenton.

Chez Laferrière. — Rentrée en Ville

Il fallait mettre fin à cette situation, qui aurait pu
devenir grave ; car les colères commençaient à gron-
der au milieu de la foule, que révoltaient des procédés
aussi sauvages et aussi injustifiés.

Il se forma donc une délégation pour aller trouver
le Gouverneur. Elle se composait de MM. Castarède,
d'Aurelles de Paladines, Gallois, Leduc et Chaze.
Grossier sans nécessité, Laferrière consigna trois dé-
légués à la porte et ne voulut recevoir que M. Castarède, en qualité d'adjoint au maire d'Alger et M.
d'Aurelles de Paladines, comme maire d'El-Biar.

L'entretien ne fut pas long, mais il suffit pour permettre aux visiteurs de juger le proconsul, qui s'agi-
tait dans son bureau comme un chimpanzé en cage.
Laferrière avait complètement perdu son sang-froid ;
sous l'impression d'une peur irraisonnée, il parlait
d'attaques projetées contre sa villa, de révoltes, de
massacres, de chambardements effroyables.

Puis, sérieux comme un gosse dont on chatouille un
peu l'amour-propre, il voulut faire le rodomont.

— « Ah ! s'écria-t-il, on m'a appelé Gouverneur
sénile ! On croit que je n'ai point d'énergie ! Eh bien,
je prouverai qu'on s'est trompé. Je ferai tout fléchir,
je briserai tout. »

Amen ! dùt penser Castarède, en contemplant ce
vieillard grotesque, qui, investi d'une des plus hautes
fonctions de l'Etat, galvaude sa dignité en se condui-
sant comme un caporal de pandours.

Enfin, le proconsul daigna signer l'ordre de mise
en liberté du député et du maire d'Alger, et ce péni-
ble entretien fut terminé.

Aussitôt libérés, Drumont et Voinot remontèrent
en landau et la longue file de voitures, prenant la
route de la Colonne Voirol, s'achemina vers Alger.

Considérations philosophiques.—La frousse de Laferrière

Ce qu'il y a de curieux dans tout cela, c'est qu'en exprimant ses craintes, Laferrière ne joue nullement la comédie. L'épouvante qu'il laisse entrevoir est réellement dans le fond de sa pensée.

Cela se comprend. Ce valet de Rothschild se rend très bien compte de la besogne anti-algérienne et anti-française qu'il accomplit au profit du syndicat de trahison.

Il sait qu'il a fait à la colonie un mal irréparable, et qu'il mérite le mépris et les colères de tous les Algériens.

Et dans cet état d'âme, il se sent exposé à toutes les représailles et à toutes les vengeances. Il est dans le cas du chacal qui, ayant passé toute son existence à faire le mal autour de lui, se sait voué à une justice implacable et sommaire, le jour où il sera pris par le fermier dont il dévaste le poulailler.

Aussi, chaque fois que le peuple fait un mouvement Laferrière se blottit au fond de sa villa, suant la peur, usant le téléphone à demander des spahis et des gendarmes de rentort.

Ces transes continuelles sont sa condamnation. Il n'aurait pas tant la frousse s'il ne se sentait pas coupable. Les grotesques précautions qu'il se croit obligé de prendre pour sa sûreté personnelle sont un aveu des méfaits qu'il commet.

C'est son châtiment, et le peuple goguenard et gouailleur se fait des gorges chaudes, à chaque nouvelle alerte, en songeant aux frousses intenses qui font blêmir le larbin des juifs terré à la villa Olivier.

La garde la plus sûre

Les Algériens ont un un thermomètre infaillible, pour connaître le degré exact de la peur qui hante Laferrière.

Ils n'ont qu'à dénombrer les soldats qui forment sa garde.

Au début de l'installation dans la villa Olivier, il n'y avait qu'un poste d'une dizaine d'hommes, suffisant pour fournir la sentinelle qui monte la garde près de la grille.

C'était la garde d'honneur dûe aux hautes fonctions du locataire. Les trahisons du gouverneur n'étaient pas connues, les haines ne s'étaient pas déchaînées et la tranquilité du représentant de Zadoc-Kahn n'était pas menacée.

Plus tard, quand on connut quelques unes des ignominies commises et que les colères commencèrent à bouillonner, la garde fut augmentée et trente hommes furent installés en permanence à la villa.

Quelques jours après, sentant probablement l'amour de son peuple augmenter, Laferrière demanda comme supplément des artilleurs et un canon.

Aujourd'hui enfin, devant les témoignages de.... sympathie qu'il reçoit tous les jours de ses administrés, le gouverneur a transformé sa villa en véritable caserne, où l'on ne voit que faisceaux d'armes et des soldats allant et venant.

Faut-il que cet homme-là se sente aimé, pour se croire ainsi obligé d'abriter sa personne derrière les canons et les baïonnettes !

Si nous n'avions pas des ministres enjuivés, valets comme lui de Rothschild et du Syndicat, Laferrière trouverait là sa condamnation. Le pouvoir central ne tolèrerait pas plus longtemps à la tête de l'Algérie un gouverneur qui s'est fait détester au point qu'il est forcé de se faire protéger par toute la garnison.

Dupuy, qui est complice de ce criminel, se gardera bien de le rappeler ou de lui faire tout au moins des remontrances. Mais nous, nous lui crierons cette vérité, consacrée par l'histoire, que *l'amour des peuples est la meilleure garde des rois.*

Quand un chef d'Etat fait son devoir à l'égard du

peuple, il n'a rien à craindre, parce qu'il ne soulève aucun ressentiment.

Lorsqu'au contraire il en est réduit à abriter son sommeil derrière un triple rang de soldats, c'est qu'il a trahi tous ses devoirs, violé toutes les libertés et outragé tous les sentiments populaires.

Lépine commença le premier à se lancer dans cette voie funeste, au bout de laquelle est le fossé où le criminel doit faire l'inévitable culbute. Heureusement pour lui, il se retira à temps.

Laferrière a marché sur ses traces ; mais, plus entêté et plus malfaisant que lui, il semble vouloir aller jusqu'au bout.

A son aise ! C'est lui qui tombera dans l'abîme où il se brisera.

Conclusion

Le cas de M. Laferrière a beaucoup d'analogie avec celui de Charles VI.

L'histoire nous dit que le monarque, traversant la forêt d'Orléans, fut pris subitement d'un accès de folie furieuse, tira son épée et se mit à frapper de droite et de gauche sur les gentilshommes de sa suite.

Notre vieux gouverneur, lui aussi, subitement atteint d'aliénation mentale, s'est mis à entasser fautes sur bêtises et à frapper à tort et à travers sur les chefs de l'antisémitisme.

Mais qu'il note bien ceci. On n'a plus d'égards, aujourd'hui, pour les royautés quelconques ; et si les chevaliers de Charles VI, tout en recevant respectueusement les coups, se contentèrent de saisir leur malheureux maître et de le désarmer, sans lui faire de mal, il n'en sera pas de même ici.

Les coups et les injustices nous lasseront, et quand nous en aurons assez, le fou furieux volontaire qui nous aura fait subir l'affront passera un mauvais quart d'heure.

Vous savez, M. Laferrière, quel est le sort que le peuple révolté réserve à ses criminels tyrans. Il va quelquefois bien loin, le peuple, dans ses vengeances.

C'est un enseignement de l'histoire. Méditez-le, dans la villa où l'exécration populaire vous tient prisonnier.

HUGOLIN.